JN015242

ぽぽとくるの
しあわせのばしょ

🐾 かんのゆうこ 🐾

幻冬舎MC

ぽぽとくるの
しあわせのばしょ

Popo（ぽぽ）……保護犬

白い毛の可愛い子犬。
東京のとある町　空き家のえんの下で　生まれた。
お母さんと　きょうだいたちと　はなればなれになり
ぼくの家で　暮らし始める。
とても優しくて　おだやかな性格。
わが家に来てから　のらねこの　くると
犬小屋でいっしょに　暮らすようになった。

Kuru（くる）……のらねこ

茶と白の模様がきれいなねこ。

ぽぽが　わが家に　やってきたころから

家の周りを　歩き始める。

いつの間にか　ぽぽの側で

いっしょに暮らすようになった。

ぽぽを　わが子のように可愛がって　育てている。

プロローグ

ぽぽは　東京の空き家の

えんの下で　生まれていたんだって。

きょうだいと　いっしょにね。

お母さんと　きょうだいと

なかよく　暮らしていると

ある日　大変なことが起こった。

空き家の近所の人が

「野良犬がいるよ‼　すぐにつかまえにきて‼」と

れんらくをしたみたいでね。

それから　ぽぽたちをつかまえるために

みまわりが　始まったみたい。

人間に　つかまらないよう

必死に　にげているうちに　ぽぽは

お母さんやきょうだいと　はぐれてしまった。

えんの下には

ぽぽと　1ぴきのきょうだいだけが残った。

ぼくのお父さんは

空き家の　近くの会社に通っていてね

その様子を見ていたんだって。

そして　残されてしまった

2ひきのことが心配で　空き家に見にいくと

えんの下のおくのほうで　おびえていたんだって。

5

そしてお父さんは　手をのばして
おびえる2ひきを　やっとの思いで
保護して　車に乗せることが　できたんだって。

こうして　ぽぽと　きょうだいは
わが家へ来ることになった。

そして　わが家へ来てから
不思議なことが……

もくじ

イラスト：天野晴香

ようこそ　わが家へ

ぽぽの誕生日は　いつかわからないの。
去年　わが家に　やってきた　ぽぽ。
お父さんが　東京から連れてきたんだ。
空き家の　えんの下で　生まれていたんだって。

近所の人が

「野良犬が生まれているから

　すぐにつかまえにきて！」とれんらくをして

それから　みまわりが始まったみたい。

何日も　みまわりの車が来ていたので

きっと　こわくて　こわくて……

ぽぽの　お母さんと　きょうだいは

どこかへ　にげてしまったんだって。

それから　お父さんは　残された

ぽぽたちを　助けようとするけれど

えんの下の　おくへおくへと　にげこんでしまい

やっと2ひきを　保護して

自分の車に乗せて　連れてきたんだ。

プップ!!

あ！　お父さんが帰ってきた！

「おかえり〜」

「ただいま！　車の後ろのドアを開けてごらん」

お父さんは　ニコニコしながら　そう言った。

ぼくがそ———っと　後ろのドアを開けると

とつぜん　白い子犬と　茶色い子犬が

飛び出してきてね！　もうびっくりしたよ！

とってもかわいい顔を　していたよ。

2ひきは　初めて　車に乗ったから

つかれてしまったようで

少し　車よいをしていてね。

だからね　ぼくは2ひきを

そ———っと　そ———っと

だき上げて　家に連れていったの。

そして　大きなバスタオルを広げて

2ひきを　そこにそっと　置いたんだ。

目が　クリクリしていて　可愛かった。

知らない場所へ　やってきたから
とても不安そうでね。

さいしょは　きんちょうして
お水をあげても　飲めなくて。

だから　ぼくは　自分の手に　水をしめらせて
口元に　そっと　つけてあげたの。
そ──っとね。
そしたらね「ペロッ‼」と　ぼくの手をなめたんだ。

少し　お水が飲めるように　なったんだよ。
ぼくはもう　うれしくて　うれしくてね。

小さな声で
「だいじょうぶだよ。
　これからよろしくね」って伝えると
2ひきは　キョトンとした目で　ぼくを見ていた。

出会い

　2ひきが　わが家にやってきてから

ぽぽの　きょうだいを

育てたいという人が現れて……

茶色い子犬を見つめて　だっこして

ほほ笑んで「大切に育てるよ」って言ったの。

おわかれするのは　すこし　さみしかったけど
その言葉を聞いて　ぼくは安心した。

わが家には　白い毛のぽぽが残った。
その日　ぽぽと　いっしょに
きょうだいの　お見送りをしたんだ。

ぽぽは　１ぴきになってしまって
ちょっと　さみしそうだったの。

だから　ぼくは　できるだけ
ぽぽの側に　いるようにしたんだ。
さみしくないようにって。

ぽぽは　むじゃきで　可愛くて
ぼくが　側に行くと喜んで
ポーンポーンと　何度もジャンプしてね。
その姿が　可愛くて
それで「ぽぽ」って名前をつけたんだ。

「ぽぽ」って　名前を呼ぶと　とんできて

ぼくのそばに　ぴったり　くっついた。

そして　ぼくのたいせつな　かぞくになった。

それから　しばらくして

不思議なことが起こったんだ。

ある日　ぽぽの　犬小屋の周りを

のらねこが　歩くようになって

遠くから　こちらを見ていた。

何度も　何度も　見ていた。

それまで　見たこともない　のらねこだった。

「どこから　きたんだろう？」

ぼくは不思議だった。

それから　毎日　毎日

のらねこは　遠くから　こちらを見ていた。

何日か経ったころ……

のらねこは　ぽぽのすぐ側まで　来るようになった。

そして　だんだん　ぽぽにくっついて

体をすりよせたり　顔をなめたり。

ぽぽは　のらねこのことが　好きになって

安心して　側に行くようになった。

いつの間にか　2ひきは　仲良くなり

体をよせて　ぽぽの　犬小屋で

いっしょに　ねるようになったの。

本当に不思議な出会いだった。

のらねこの目は　まあるくて　クルクルしていてね。

だから　ぼくは　のらねこに「くる」という

名前を付けて　呼ぶことにしたんだ。

ぽぽとくるの出会いは　こうやって　始まったんだ。

陽だまり

ぽぽとくるは　いつも仲良しで
くるは　子犬のぽぽが　可愛くて
わが子のように　育て始めた。

犬小屋で　子犬のぽぽと　のらねこのくるの
生活がはじまった。

くるは　小さな　ぽぽから　はなれず
ずっと寄りそっていた。

ぽぽが　ご飯を食べてるのを見てから
くるは　自分のご飯を食べるんだよ。
いつも　とっても　優しいの。

どんな時も　くるは　ぽぽを　守っていた。

大切に　大切に　育てているのがわかった。
ぼくは　そんな　ぽぽとくるを　見ているのが
大好きだった。
まるで　陽だまりの中にいるようだった。

ぽぽの側_{そば}には　いつもくるがいて

くるは　ぽぽが可愛_{かわい}くて

ぽぽが　ご飯_{はん}を食_たべたあとは

よごれてしまった口_{くち}の周_{まわ}りも

くるが　きれいになめて　おそうじしてた。

可愛_{かわい}くて　可愛_{かわい}くて

ほっとけなかったんだろうね。

晴_はれた日_ひは

ぽぽの　犬小屋_{いぬごや}の屋根_{やね}に　座_{すわ}って

上_{うえ}から　ぽぽをながめていてね。

いつも　ぽぽが安心_{あんしん}して　暮_くらせるように

見守_{みまも}っているようだった。

くるの目_めには　いつも　ぽぽが映_{うつ}っていた。

優_{やさ}しいまなざしで　ぽぽを　見_みていたよ。

２ひきの生活_{せいかつ}は　とてもおだやかで

優_{やさ}しい時間_{じかん}が　流_{なが}れていた。

犬小屋の側から
小鳥のさえずりが　聞こえた。

ぽぽ と くる の 1 日

ぽぽとくるは　いつも仲良し。
ぽぽの側には　くるがいる。

のらねこの　くるは　ぽぽといっしょに

暮らすようになってからも

気ままに　どこかへ　行くんだよ。

自由に　おでかけするんだよ。

ある日の夕方

くるは　ネズミをつかまえてきたの。

ぽぽへの　プレゼントみたい。

ぽぽは　ネズミをじ ──── っとながめて

前足で　少しだけさわってみたよ。

だけど　やっぱり　いらないみたい。

くるは　不思議そうに　ぽぽの様子を

ながめていたよ。

なんで食べないのかな？

おみやげなのに？って　思っているようでね。

ネズミの周りを　歩いて　見ていたよ。

それでも　ぽぽは　いらないみたい。
そっと　犬小屋に　帰ってしまったの。
くるは　ぽぽが　残したネズミをくわえて
どこかへ　行ってしまった。

プレゼントは　いらないけれど
ぽぽは　くるが　大好きで
くるも　ぽぽが　大好きだった。

ぼくは　２ひきの側にいるのが　大好きで
よく　ぽぽとくるに　お話をしたんだ。

学校のことや　友達のこと
困ったことも　全部話した。

ぽぽは　ぼくが困っているとわかって
側に来て　ぼくの顔をなめたりしてね。
本当に優しいんだ。

悲しい時　涙をながしていると

よこに　ぽぽがやってきて

そっと涙を　なめてくれてね。

ぽぽ　ありがとう。

優しい　ぽぽ。

ぽぽと　くると　ぼくの　大切な時間。

ぼくのかさ

朝から　冷たい雨が　降っていた。

犬小屋の中で　今日も２ひきは　仲良し。

ほっぺを　くっつけて　仲良し。

その姿を見ていると　幸せになってくるんだ。

「ニュースでは　夜から強い雨になるって」

「だいじょうぶかな？」「寒くないかな？」

強い風がふいて　雨を呼んでいた。

ポツポツと　雨の音がして

葉っぱが　ゆれている。

夜になると　雨がたくさん　降ってきて

ぽぽの　犬小屋にも　雨が降ってきたのがわかった。

ぼくは　布団からぬけ出して　急いで

ぼくのかさを　犬小屋にかけにいったんだ。

「寒くありませんよーに」

「ぬれませんよーに」って。

　2ひきは　スヤスヤと　ねていたよ。

体をくっつけて　ねていたよ。

いっしょにいると　安心するんだね。

かさに当たった雨が　静かに流れていた。

桜のさく道

ぽぽとくる。
今日も　仲良くお昼ね。

おひさまが　優しい光を届けてくれる。

ちょうちょがとんできて
花だんの花たちも
光を浴びて　春を楽しんでいた。

きれいな桜のさく道へ　ぽぽとおでかけ。

のんびり　のんびり　歩く。
桜並木を　歩く。

ピンク色に　染まった
桜の花は

とてもきれいだった。

満開の桜の花を見ながら
「ぽぽ　きれいだね　きれいな桜だね」って
話しかけると
ぽぽは　優しい目をしていた。

毎年来る　この桜並木を

ぽぽと　歩きながら　ぼくは幸せだった。

「また　来年も　来ようね！」って約束した。

ぽぽと　いっしょの時間は

ぼくの宝物。

風がひらひらと　桜の花びらを　運んでくる。

桜まう　この道を

ぽぽと　歩く。

今日も　歩く。

大切な時間

雨が続いて

葉っぱの上には　水てきがついていた。

ぽぽとくるの　犬小屋も　しっとりぬれていたよ。

犬小屋にかけた雨がさに　ポトンポトンと
雨が落ちて　犬小屋の前には
小さな水たまりができていた。
あじさいの　葉のうえでは
カタツムリが　雨を楽しんでいた。

ぽぽとくるは　いつものように
仲良く体を寄せて　水でぬれた　ぽぽの足を
くるが　きれいになめていた。
きれいにきれいに　なめていたよ。

くるは　「ぽぽが冷たくないように」
「かぜをひかないように」って思っているのかな？

くるの優しさは
ほんわかとしていて　ぼくは　大好きだった。

ぽぽは　くるに「ありがとう」を
伝えるかのように　寄りそっていた。

そこまで

さわやかな　風がふく。

「ぽぽ！　散歩へ行こうよ」と

ぼくがさそうと

ぽぽは　うれしくて　飛びついてきた。

散歩が　大好きで　わくわくしているみたい。

用意ができると　ぼくは

「くる！　いっしょに散歩へ行こうよ！」と

声をかけた。

だけど　くるは　チラッとこちらを　見ているだけ。

ぽぽと　いっしょに　歩き始めると

あとから　くるもトコトコついてきて。

後ろを歩き始める。

トコトコトコトコ……

トコトコトコトコ……

くるは　最初の曲がり角まで来ると

コンクリートの　かべに飛びのって　お見送りするの。

「行こうよー　いっしょに行こうよー」と

声をかけても　いつもそこまで。

ぽぽと　ぼくは　広場で　シロツメクサをつんで
水たまりをぬけて　ちょうちょを　追いかけ
少し遊んで　家へ帰る。

くるはね　ぽぽが　帰ってくるのを待ってるの。
ぽぽの　犬小屋の中に座って　待ってるの。

安心の場所があるんだね。

ぽぽとくる。
しあわせの場所。
大好きな場所。

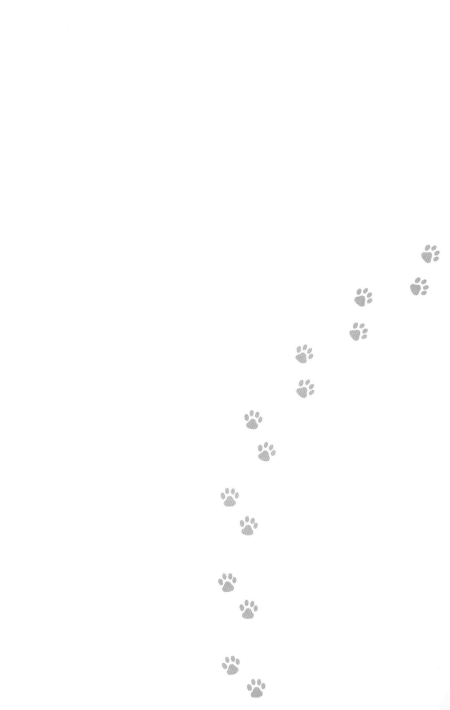

ひまわり

ひまわりが　さいた。
大きな葉が　風にゆれ
夏を知らせにきてくれた。

おひさまが　強い光を　届けて
雲が白く　かがやいていた。

「ぽぽ　お散歩へ行こうよ」と

ぼくが　声をかけると

ぽぽは　しっぽをふって　とってもうれしそう。

くるは　犬小屋の上で　お留守番。

"ひまわりのおか"へ行く。

おか　いっぱいに広がる　ひまわり畑が

黄金色に　かがやいて　夏の香りがした。

ひまわりの花を　見上げながら

大きな大きな葉の中を進む。

葉のすき間から　光が差して

ぽぽの　体を　そっと　優しく　包んだ。

ひまわりの間を　ハチが飛び交い

夏をいそがしく　生きていた。

ぽぽと　ぼくとの　大切な時間。

夏休みの　ひと時。

おかの向こうに　大きな雲が見えた。

さあ！　帰ろう！
くるの　待っている家に　帰ろう。
そして　ひまわりの話をしよう。

秋風

くるは　ぽぽが大好きで　お散歩から帰ってくると
すぐに　ぽぽの側に行く。

体を　すりすりしながら

「おかえり!!」って　言っているのかな？

ぽぽは　くるが　帰ってくると

安心したのか　目が優しくなる。

ぽぽが　喜んで　土の上にねころぶと

くるが　顔の周りをなめている。

きれいに　きれいに　なめている。

そして　いつものように　くっついていた。

犬小屋の前に　２ひきが座り

そとを　ながめている。

夕日が　とってもきれいで

赤く空を　染めていた。

雲がス―――ッと流れて

２ひきの間に　光が差した。

秋風がふいて

犬小屋に　かれ葉が　おじゃまして

２ひきの間を　すりぬけていく。

夕日の向こうに

コスモスが　ゆれていた。

暖かな冬

冬が来た。

冷たい北風が　ピュ──ッとふいて

ぽぽとくるは　犬小屋の中で　くっついて

まあるくなって　ねむっていた。

「寒いのかな？」「だいじょうぶかな？」

ぼくは　心配になって
家の中から　毛布を探して　持ってきた。

そして　ぽぽとくるに
「毛布をしくから　少し外に出てくれるかな？」と
たずねると　チラッと　こちらを見ながら
外へ出てくれた。

犬小屋の中を　ほうきで　きれいに　そうじして
それから　暖かな毛布を　しいたんだ。

ぽぽとくるは
ぼくの　やっていることを　ずっと見ていたよ。
何をするのかな？って　じ──っと見ていたよ。

きれいになった　犬小屋は　冬支度。

ぼくが「どうぞ」って　言うと

ぽぽが　先に入って　丸くなり

くるも　入って　ぽぽの側に　くっついた。

なんだか　とっても　暖かそう。

これから　冬が　やってくる。

毛布をしいた　犬小屋の中は

暖かな　ぬくもりで　包まれていた。

どんな夢を　見るのかな？

ぽぽとくる　ゆっくりおやすみ。

3年の月日が流れて……

くるは　ぽぽを
大切に大切に　育ててくれた。

ぽぽは　くるのおかげで
安心して　暮らすことができたんだ。

いつもいっしょで　仲良しで
犬小屋の中でも　ご飯を食べる時も

ずっと　いっしょだった。

ぽぽが　くるにあまえると

くるは　なんだか　うれしそう。

くるが　優しく育ててくれたので

ぽぽは　とっても　優しくてね。

庭には　いろんな人が　遊びにくるの。

ぽぽを　なでて　お話ししてね。

くるは　その様子を

そっと近くで　見てるんだ。

小さかった　ぽぽは　大きくなった。
白い毛が　立派で

とても　きれいな目を　しているの。

のらねこの　くるが
あの小さかった　子犬のぽぽを
あの日から　ずっと　守ってきてくれた。
優しいまなざしで　包んでくれた。

くる　ぽぽを
優しく育ててくれて　ありがとう。
こんなに　大きくなったよ。

いつものように　２ひきの間には
優しい風が　ふいていた。

きずな

犬小屋をそっとのぞくと
安心して　寄りそいながらねている
2ひきの姿が見えた。

いつものように　体を寄せあい
犬小屋の中には
暖かな光が　差しこんでいた。

元気だったくるも　年を重ね

だんだんと　弱ってきた。

ぼくは　とても心配していた。

最近は　気ままに　どこかへ行くことも

できなくなってしまったんだ。

少しずつやせてきて……

うまく歩くことが　できなくなって

犬小屋で過ごすことが　増えてきた。

くるの体に　傷ができるようになってから

ぽぽは　前よりも　くるの側に　いるようになった。

心配をしているかのように

ずっと　くるに　寄りそっている。

優しく　体をなめて　傷をなめ
まるで　治しているようだった。

その姿は　昔　くるに育ててもらった
お礼をしているかのように　見えた。

ぽぽとくるだけにしか
わからない　大切な時間なのだろう。

ぽぽとくるの　大切な時間。

この時間よ
いつまでも　いつまでも　続いておくれと
ぼくは願った。

くるは　人に傷を　さわらせることはなかった。
その傷を　いやせるのは　ぽぽだけだった。

今日も　ぽぽは　くるを大切に　思いながら
傷をなめていた。

そしてくるは　ぽぽに体をあずけ
安心して　ねむっていた。

ありがとうを残して

朝日が差して
今日も　犬小屋の中では
ぽぽが　くるの体を　なめていた。

あまり　動けなくなってきた　くるは
ぽぽの　体に寄りかかるように　暮らしていた。

ぽぽは　どんな時も
優しく　優しく　傷をなめてね。
だから　くるの目は　優しくおだやかだった。

優しい時間が　流れていた。

おだやかで
静かで
愛に満ちた
時間だった。

その日……
くるは　立ち上がると
どこかへ　行ってしまった……

くるとの別れは　とつぜんだった……

それから
ぽぽは　帰ってくることのない
くるを　ずっと　待っていた。

犬小屋の前に座って
遠くを見て　まばたきも　しないで。

くるが　帰ってくるのを
ずっと　ずっと　待っていた。

ずっと……

くるはね　わかったんだよね。

「お別れの時」が。

きっと　ねている　ぽぽの側を
そっと　はなれていったんだね。

ぽぽに 「ありがとう」を 残^{のこ}して。

たくさんの 愛^{あい}を そっと置^おいて。

エピローグ

くるの　優しい心は
始まりの日から　続いていた。
くるは　けんしん的に　子犬のぽぽを育て
優しさを伝えていた。

どんなに２ひきが　仲良くなっても
くるは　人間とのきょりを　保っていた。

のらねこだったからだ。

長い間　のらねことして　生きてきて
ぽぽと暮らすようになっても
人間のすぐ側まで　来ることがあっても
だかれることは　なかった。
ぽぽへの　愛はまっすぐで
心から愛し　可愛がっていた。

犬とねこの暮らし。
大切な時間を過ごして
「お別れの時」を察知して　旅立っていく。

強い心と優しい心。
どちらも持ち合わせていた。

おわりに

ぽぽとくる。

不思議な出会いで　2ひきは暮らし始めました。

小さかった子犬のぽぽを　のらねこだった　くるは

どこで気が付いたのでしょう。

そして遠くから確認して側まで来て

やがて　いっしょに暮らすようになりました。

くるは　わが子のように　ぽぽを育ててくれました。

種をこえた愛が　そこにはありました。

人が命を生きる時。

犬やねこが命を生きる時。

大切なだれかを守る時。

それは　どの動物もいっしょなのかもしれません。

ぽぽとくるの　優しさに　ふれると
心がほんわかと　優しくなっていきました。

優しき心の持ち主は　今もどこかで
そっと　ぽぽを　見つめているのかもしれませんね。

ここに　ぽぽとくるに　感謝をこめて
「ありがとうの花束」をおくります。

地球に暮らす　動物たちが　幸せでありますように。
大切な命が　守られますように……と。

願いをこめて。

2020.8.8　青空を見上げながら
かんの　ゆうこ

63

［番外編］くるからの手紙

ぽぽへ手紙が届いた。

くるからの手紙だった。

犬小屋の中に　そっと置いてあった。

不思議だけれど　思いは届く。

あれから

くるが　いなくなってから

ぽぽは　元気がなくなり　ご飯を食べなくなった。

その姿を　くるは　天国から見ていて

心配していたのかもしれない。

そんな時に　手紙が届いた。

ぼくは　その手紙を読んでいると

なみだがあふれて　とまらなかった。

くるの優しさが　たくさんたくさん

伝わってきたからだ。

そして　ぽぽの横で
くるからの手紙を　読んで伝えた。

・・・・・・・・・・・・・・・・・・・・・・

ぽぽへ……

可愛い　ぽぽ。
小さかった　ぽぽ。

あの日　近くの雑木林を　歩いている時に
子犬のにおいがしたんだ。
少し不安も混じったような　においだった。

それで　遠くから

新しくできた犬小屋を　そっと見てみたら

そこに　ぽぽがいた。

小さな　小さな　ぽぽがいた。

可愛くて　思わず側に行ったんだよ。

どうやって　ここに来たか

わからなかったけど

不安そうにしている　ぽぽのその側に

いてあげたくなったから……

あれから　いろんなことがあったね。

ぽぽは　どんどん大きくなっていったね。

不安な顔を　しなくなったね。

家の人も　優しくしてくれていたね。

だから　あの犬小屋が　大好きだった。

いっしょに暮らした時間は　楽しくて

犬小屋の中で

ぽぽと　いっしょに　くっついていたよね。

雨の日には　かさをかけてくれたから

雨の音を　楽しんだよね。

たまに　カエルが遊びにきたよね。

ぽぽが　大きくなることが　うれしかった。

ずっといっしょに　いたかったけれど。

だんだん年を取って　動けなくなってね。

体に傷ができてきて　不安になったけれど

ぽぽは　傷をなめて　治してくれようとしていたね。

うれしかったよ。

ありがとう。

今は　いっしょに　犬小屋の中で

暮らすことは　できないけれど

いつでも　いっしょにいるからね。

そっと　見守っているよ。

困った時は　犬小屋の上を見てね。

そこで　お昼ねしているから。

ぽぽ　ありがとう。
大好きな　ぽぽ　ありがとう。

＜あとがき＞

本書をお読みいただき、ありがとうございました。
ぽぽとくるを身近に感じていただけましたでしょうか？
動物と人間の暮らしは太古の昔より続いていて、
小さな暮らしの中にも楽しさや優しさがあふれる瞬間があります。
どうぞ、皆様と動物たちの生活が楽しいものでありますように。

本書作成にあたり、一緒に歩んで下さった森谷行海さんはじめ編集者の皆様、ありがとうございました。可愛いぽぽとくるをこの本のために描いて下さった天野晴香さん、ありがとうございました。全ての関係者の皆様に深く感謝申し上げます。

＜著者紹介＞

かんのゆうこ（yuko kanno）

1968年千葉県生まれ。
東京都足立高等保育学院卒。（旧）東京都福祉局入局。
保育士として障がい者施設に勤務。退職後、子育てを経験する。
他の職種も経験しながら、16年後保育士として復帰。長年の夢であった療育に関わる。
子どもたちと日々の生活を送る中で絵本の大切さを再認識する。
療育の中で大型絵本も活用しながら読み聞かせを楽しんでいた。
現在は、小さな頃より暮らしていた動物たちとの思い出を胸に執筆をはじめる。
恩返しの思いを込めたこの本は初めての著書となる。

ぽぽとくるのしあわせのばしょ

2020 年 10 月 7 日　第 1 刷発行

著　者　　かんのゆうこ
発行人　　久保田貴幸

発行元　　株式会社 幻冬舎メディアコンサルティング
　　　　　〒 151-0051　東京都渋谷区千駄ヶ谷 4-9-7
　　　　　電話　03-5411-6440（編集）

発売元　　株式会社 幻冬舎
　　　　　〒 151-0051　東京都渋谷区千駄ヶ谷 4-9-7
　　　　　電話　03-5411-6222（営業）

印刷・製本　シナジーコミュニケーションズ株式会社

装　丁　　とねこ

検印廃止